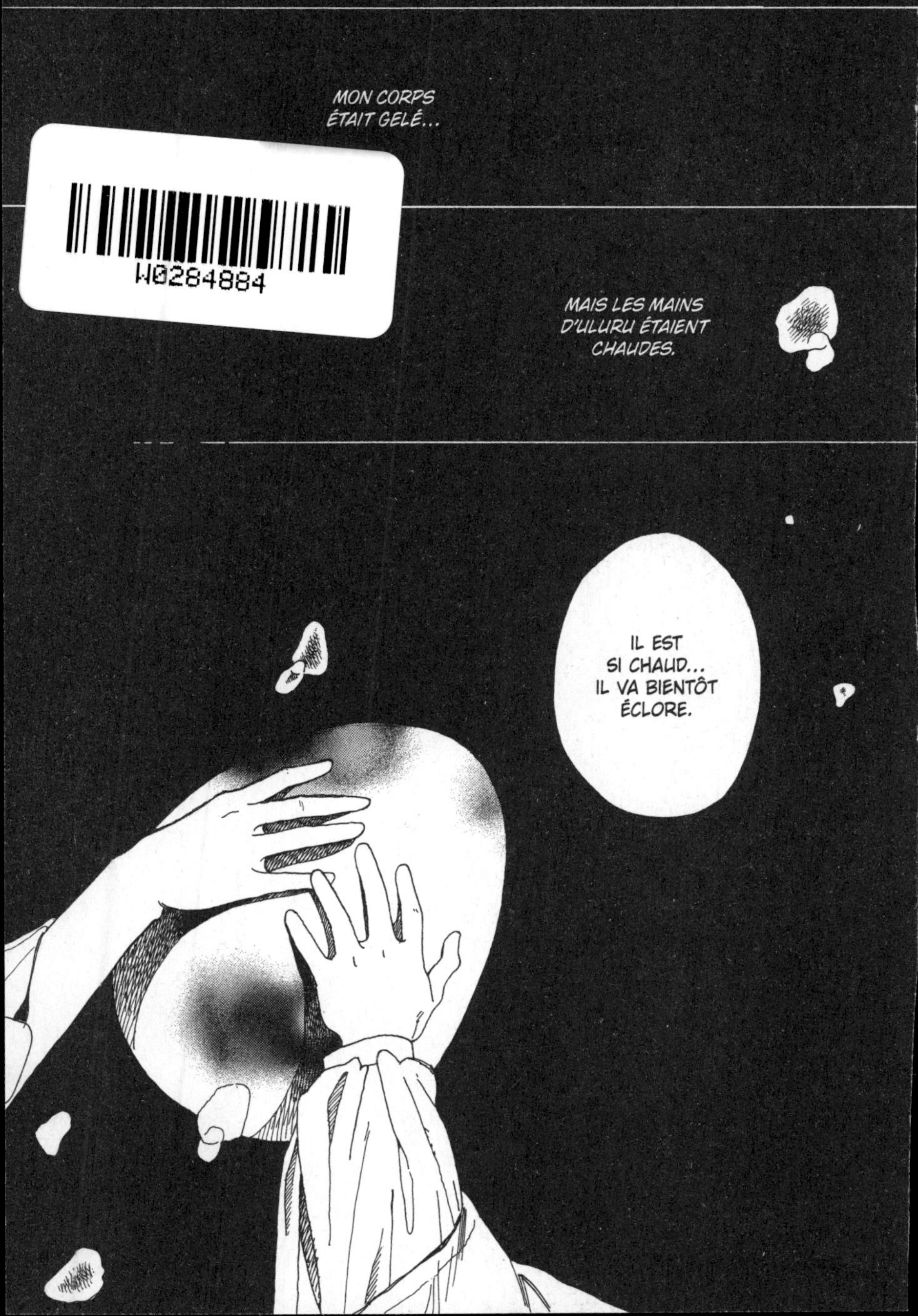
MON CORPS ÉTAIT GELÉ…
MAIS LES MAINS D'ULURU ÉTAIENT CHAUDES.
IL EST SI CHAUD… IL VA BIENTÔT ÉCLORE.

"C'EST UN DRAGON SANS AILES QUI NAÎTRA", AVAIT DIT MON PÈRE.
IL N'A PAS UNE TRÈS BONNE COULEUR…
MON PÈRE VOULAIT LE METTRE DANS L'ÂTRE.
CLING
LE PLONGER DANS LES FLAMMES NE CHANGERAIT RIEN…
IL VIENT DU PAYS DU FEU.
SI TU VEUX LE TUER, IL FAUDRA LE GELER.

DANS CE CAS, RÉCHAUFFE-LE, ULURU.
MES MAINS SONT FROIDES.
POURQUOI ?
DIS, KISLIM...
S'IL N'A PAS D'AILES...
CRAC
CRAC
CRAC
CRAC
TU L'ABANDONNERAS ?
AVEC OU SANS AILES, JE L'AIMERAI DE LA MÊME FAÇON.
SMACK
PFIOU...

ULURU...
TU PENSES QUE TU TE SOUVIENDRAS DE CE MOMENT POUR TOUJOURS ?
MOI, JE CROIS QUE OUI.
CRAC
TU N'AURAS PAS BESOIN DE T'EN SOUVENIR ...
PUISQU'ON VIVRA ENSEMBLE À JAMAIS.
CRAC
HÉ HÉ HÉ...
HU HU...
HA HA...
HA HA HA HA !

FRSH
FRSH
FRSH
FRSH
ヒオオ
WOO
O
オ
FRSH
OOOSH
オオオオオ

#1

UN ARBRE...
VSH
ザッ
アッ...

C'EST UN ARBRE !
FRSH
FRSH
ÇA ALORS !!
C'EST LA PREMIÈRE FOIS QUE J'EN VOIS UN !
MOI AUSSI !
CUI!
TU CROIS QUE SI ON COLLE NOTRE OREILLE CONTRE LE TRONC, ON ENTENDRA DE L'EAU COULER ?!
ALORS ?!
...
HMM...
JE NE SAIS PAS TROP...
DORO, VIENS, TOI AUSSI !
TOUCHE ! C'EST UN ARBRE, UN VRAI !
SNIF
SNIF
TU AS VRAIMENT L'INTENTION D'EMMENER DORO AVEC NOUS ?
CE DRAGON NE PEUT MÊME PAS VOLER !
MAIS IL SAIT CRACHER DES FLAMMES !
IL EST GROS TON ALLUME-FEU...

ALLEZ !
MIEUX VAUT SE DÉPÊCHER !
CUI!
AH !
KISLIM !
JE TE RAPPELLE QUE...
JE SUIS TOUJOURS CONTRE CE VOYAGE !
TU ES BLESSÉ ! ARRÊTE DE COURIR !
C'EST RIEN, ÇA IRA !
FRSH

HA HA !
ILS ONT ÉTÉ RAPIDES !
VSH
MONTREZ VOS MAINS ! OU VOS PATTES !
FRSH

OOH !
TIENS ! MAIS VOILÀ DES ENFANTS TOUT JUSTE INITIÉS !
QUEL BONHEUR !
KISLIM !
RETIENS TON SOUFFLE !
VOUS...
N'ÊTES PAS ENCORE ADULTES ?
MAIS SI !
PFOU AH !
ON NE PEUT PLUS ÊTRE INFECTÉS !

HA HA HA !
HOULÀ !
FWIP
MA...
DOM
MADAME !
VOUS ALLEZ BIEN ?!
QUELLE VIGUEUR !
NOTRE VILLAGE A VU PASSER DE NOMBREUSES DÉPOUILLES D'ENFANTS.
POF
POF
UN MAL QUI NE TOUCHE QUE LES PLUS JEUNES, C'EST VRAIMENT TERRIBLE...
ET IL N'Y A PAS QUE L'ÉPIDÉMIE.
LA FAMILLE ROYALE NE VIENT PLUS NOUS DÉBARRASSER DES MONSTRES, CES DERNIERS TEMPS...
ELLE EST TROP OCCUPÉE À PROTÉGER LA CITADELLE DE LA MALADIE... ALORS, ELLE NOUS A ABANDONNÉS.

FAITES BIEN ATTENTION À VOUS !
REGARDE ! C'EST LA LUNE !
OH !
OUAAH...
C'EST LA PREMIÈRE FOIS QUE JE LA VOIS !
ON NOUS A APPRIS QUE LA LUNE MONTE DANS LE CIEL, LA NUIT. PAS DE QUOI ÊTRE SURPRIS.
VIENS, ON DOIT PRÉPARER NOTRE COUCHAGE !

FRSH
BAM
ILS SONT LÀ !
KISLIM !
RECULE !
AL, TU T'INQUIÈTES TROP !

TU SAIS, JE...
FWISH
PLOP
TCHING
WAOUH...
JE M'EN OCCUPE !

CONFIRMATION DE L'EMPLACEMENT DU NOYAU...
AU CENTRE.
AVEC AUTANT DE NEIGE QUI TOMBE, JE PEUX L'AVOIR PAS LE BAS !
TAP
TAP
TAP
TAP
TAP
TAP
TAP
TAP
J'ABAISSE MA POSITION.
PARFAIT !
CONFIRMÉ !
VERROUILLAGE DE LA CIBLE...
DO
DOM

AL !
DO DO DO DO DO DO DO DO
ON FAIT COMME À L'ENTRAÎNEMENT...
DO DO DO DO DO DO DO DO DO
VRSH
EN AVANT !

DOM
SCRCH

SHHH
PLOP
FWIP
TU L'AS EU !
C'EST BON.
PSCHIIT
CUII
T'AS ÉTÉ GÉNIAL, AL !
HÉ HÉ !
J'EN AI ENCORE LE CŒUR QUI PALPITE !
J'AIMERAIS BIEN QU'ON DORME SOUS UN TOIT !
MAIS IL NE FAUDRAIT PAS QU'ON ATTIRE UNE AUTRE CRÉATURE PAR IMPRUDENCE.
GYVÉÉ
MAINTE-NANT...
IL FAUT VITE QU'ON INSTALLE LES COUCHAGES.

QUELLE BELLE GRIFFE ...
ZIIIIM
DIS, KISLIM...
TU CONNAIS LE SORTI-LÈGE DE LA LUNE ?
J'AI LU DES TEXTES DESSUS, À LA BIBLIOTHÈ-QUE.
...
SNIF
SNIF

TU SAIS AUSSI LIRE ?! TU ES INCROYABLE, AL !
ÇA N'A RIEN D'EXTRAOR-DINAIRE.
SERRE LA GRIFFE.
COMME ÇA ?
OUI.
JE TE MONTRE COMMENT ON FAIT.
ON CONNECTE LES DOIGTS DE DEUX AMIS…
PUIS ON ALIGNE LA LUNE DANS L'INTERSTICE.
ET ALORS …
LÀ OÙ POINTE LA GRIFFE…
ON POURRA TROUVER…
CE QU'ON CHERCHE.

C'EST UN MONSTRE ?!
NON...
FRSH
FRSH
UN HAMEAU.
AL !
DORO !
ALLONS-Y !
HÉ !
NE M'ABANDONNEZ PAS !
CUI!!!
FRSH

GVVOOO
ATTENDS... J'ENTENDS DES BRUITS BIZARRES.
TU CROIS QU'IL Y A VRAIMENT UN MONSTRE ?
HMM ...
LES FENÊTRES SONT OBSTRUÉES ...
GNII
ATTENDS-NOUS ICI, DORO.
PFIOU...
GRH !
FWOUSH

HA HA
HA HA HA
OUAH HA HA HA
BLA
OH !
HA HA HA
VOILÀ DES CLIENTS INHABITUELS !
REGARDEZ LEURS COLLIERS !
BLA
BLA
HÉ !
CLAC
BLA
ÇA ALORS !
BLA
ILS SONT TOUT NEUFS... ILS VIENNENT D'AVOIR 13 ANS, POUR SÛR ! ILS ONT PASSÉ LA MAJORITÉ !
VOUS AVEZ SURVÉCU !
BRAVO !
FÉLICITA-TIONS !

BON COURAGE POUR CONTINUER À SURVIVRE !
SI VOUS VOUS LAISSEZ DISTRAIRE...
VOUS VOUS FEREZ PIÉTINER, ET CE SERA LA FIN !
NE LES TAQUINE PAS TROP !
VOUS VOULEZ QU'ON VOUS APPRENNE À MANIER UNE ÉPÉE ?
HA HA HA
VOUS ÊTES DES VOYAGEURS ?
ON N'EN VOIT PAS SOUVENT, PAR ICI.
JE...
PARDON !
FWIP
NOUS CHERCHONS UNE AUBERGE !
NOTRE TAVERNE FAIT AUSSI AUBERGE !
DE QUEL COIN PAUMÉ VOUS SORTEZ ?
HA HA HA HA HA HA
ALLEZ DONC POSER VOS AFFAIRES !
HA HA HA !
LA CHAMBRE DU FOND À L'ÉTAGE EST LIBRE.
J'OUBLIAIS !
FIOUP
VOICI DE QUOI PAYER !

TAP
TAP
TAP
TAP
TCHING
...
...
BLA
CES GOSSES NE DESCENDENT PAS MANGER ?
BLA
ILS SONT CERTAINEMENT ÉPUISÉS.
BLAM
ÉCOUTEZ LA NOUVELLE !
REGARDEZ QUI VIENT NOUS CASSER LES OREILLES.
MAIS ÉCOUTEZ-MOI !
ON RACONTE QUE DES PRINCES SE SONT ENFUIS DU CHÂTEAU !
ET ILS SERAIENT DEUX !
LES GARDES LES CHERCHENT DÉSESPÉRÉMENT !
SI ON LES TROUVE, ON POURRA TOUCHER UNE RÉCOMPENSE !

CE NE SERAIENT QUAND MÊME PAS... LES DEUX GAMINS DE TOUT À L'HEURE ?
BLA
CES DEUX-LÀ, DES PRINCES ?
HA HA HA
ILS PORTAIENT DES GUE-NILLES !
HA HA HA HA HA !
CE SERAIT TROP BEAU POUR ÊTRE VRAI, CETTE HISTOIRE !
HA HA HA HA
HA HA HA
BLA
OUAH HA HA
BLA
HMM... ILS SONT BRUYANTS, EN BAS...
J'AI PLUS DE PLACE...
MAIS C'EST AMUSANT, DE LES ENTENDRE.
LE CHÂTEAU ÉTAIT TROP CALME.

MAMAN SERAIT SURPRISE, SI ELLE LES ENTENDAIT !
ELLE TE MANQUE ?
NON.
PARCE QUE JE REVERRAI ULURU !
TILT
BRR !
TILT
ATCHOUM !
TILT
TILT
KISLIM !
TU AS ENCORE LAISSÉ ÉCHAPPER TA MAGIE !
TILT
TILT
PSCHIIIT...
AH !
S'ILS REMARQUENT NOS DONS, ILS SAURONT QU'ON APPARTIENT À LA FAMILLE ROYALE.
ET IL SE PASSERA QUOI, À TON AVIS ?

ZZZ...
HAA...
QUEL BRAVE PETIT...
SBOM
CUII
RAPPROCHE-TOI DORO. LAISSE-MOI ME RÉCHAUFFER.
GROUIII
ULURU...
ON SERA IMMÉDIATEMENT RAMENÉS...
ZZZ...
CE N'EST PAS CE DONT NOUS AVIONS CONVENU !
BON SANG... NOUS SOMMES VENUS AU ROYAUME DES NEIGES EN DÉPIT DU RISQUE DE CONTAGION...
MAIS JE CRAINS D'AVOIR FAIT TOUT CE CHEMIN EN VAIN.
ROI DU ROYAUME DU FEU... NOUS AVIONS POURTANT ORGANISÉ CE MARIAGE AVEC LA PLUS GRANDE PRUDENCE.

VOUS AFFIRMEZ QUE CE PRINCE A L'ÉTOFFE D'UN SOUVERAIN ?
IL NE SAIT NI ÉCRIRE...
NI CONTRÔLER SA MAGIE !
IL PEUT MONTER À CHEVAL.
POUAH !
UN SERVITEUR EN FERAIT AUTANT !
QUE DIRIEZ-VOUS...
DE DÉSIGNER UN AUTRE PRINCE COMME HÉRITIER ?
ALORS, JE POURRAIS VOUS ACCORDER LA MAIN D'ULURU SEREINEMENT.
...
TAP
DANS CE CAS, VOULEZ-VOUS ME MONTRER SES TALENTS ÉQUESTRES, AVANT NOTRE DÉPART ?

JE PRENDRAI MA DÉCISION QUAND JE VERRAI UNE PERFORMANCE QUI SURPASSE CELLES DES AUTRES PRINCES.
TAP TAP TAP
TAP
TAP TAP
TAP TAP
TAP TAP
KISLIM !
ON NE POURRA PEUT-ÊTRE PLUS SE REVOIR.
CLING
GROUA
GROUA
GROUA
GROUA
TOUT IRA BIEN.

QUAND J'AURAI 13 ANS, JE POURRAI SORTIR DU CHÂTEAU.
ET ALORS...
KISLIM !
PRÉPARE-TOI...
À MONTRER TES TALENTS EN ÉQUITATION.

BIEN.
MONTREZ-MOI DONC CE DONT VOUS ÊTES CAPABLE.

PREMIER CAVALIER, IYAR ! EN AVANT !
CLOP
CLOP
CLOP
CLOP
CLOP
CLOP
À VOS ORDRES !
AH !
SBIM
OOH !
IL A GELÉ L'HUMIDITÉ AMBIANTE POUR FORMER UNE FLÈCHE !
DEUXIÈME CAVALIER !
SIVAN !
SBIM
REMARQUABLE !
TROISIÈME CAVALIER, AL !
À VOS ORDRES...

CLOP
CLOP
CLOP
CLOP
AH !
SBAM !!
OOH !
QUELLE MAGNIFIQUE FLÈCHE DE GLACE !
HA HA HA HA
AVEC UN TEL HÉRITIER, LE ROYAUME DES NEIGES SERAIT ENTRE DE BONNES MAINS !
...
ALLONS-Y.
POF

JE COMPTE SUR TOI !
CLOP CLOP CLOP
CLOP
LE PRINTEMPS...
OUI.
C'EST CERTAINEMENT LE PRINTEMPS, HORS DE LA CITADELLE...
TAP

L'HIVER DURE NEUF MOIS, AU ROYAUME DES NEIGES, APRÈS TOUT.
TU LE SAIS GRÂCE À TA MÈRE ?
OUI.
JE SENS UNE ODEUR DE FEUILLES...
CATACLOP
OÙ ÇA ?
ELLE DISPARAÎT ET RÉAPPARAÎT...
KISLIM.
TIENS-TOI PRÊT !
PATIENTE ENCORE UN PEU.
PAF

D'APRÈS AL...
JE PEUX Y ARRIVER, SI JE CROIS AU POUVOIR DE MON SANG...
EN ESSAYANT DE ME SOUVENIR DU CIEL DU JOUR DE MA NAISSANCE.
AH...

TU VAS ME GUIDER ?
OUI.
CETTE ODEUR...
C'EST LA MÊME QUE CELLE DU JOUR OÙ JE SUIS NÉ.
PAR ICI !
SWIP
OUAH !

AH !
OÙ VA-T-IL ?!
C'EST GROTESQUE !
ESCORTEZ IMMÉDIATEMENT ULURU À LA CALÈCHE.
PÈRE !
!
ULURU !
AU MILIEU !

RETROUVONS-NOUS...
AU MILIEU DU ROYAUME DES NEIGES ET DU ROYAUME DU FEU !!
QUELLES ÂNERIES !
ULURU !
DÉPÊCHE-TOI DE MONTER !
FWIP
CLING

ガ
ばっ
VLAM
TAK
TILT
ON SE REVERRA...
TILT

ON SE REVERRA, ULURU.

#2
TAP
TAP
TAP
TAP
TAP
CRI!
PSST !!
HÉ ! LES ENFANTS !
VITE ! SORTEZ PAR LA PORTE DE DERRIÈRE …
AVANT QUE DES PERSONNES MAL INTENTIONNÉES NE VOUS TROUVENT !
?
PSST
TENEZ.
PRENEZ CE PAIN.
PSST
MERCI !!
VOUS FAITES QUOI, LES PETITS ?
DESCENDEZ !
ON VA VOUS RÉGALER…
POUR FÊTER VOTRE PASSAGE À L'ÂGE ADULTE !
ALLONS-Y !
SI TU VEUX…

VOUS VOULEZ QUOI ?
DE LA VIANDE ?
MANGEZ DONC DES POMMES DE TERRE AU BEURRE !
SHHH
BLURB BLURB
BLURB BLURB
OUAH !
MERCI !
KISLIM !
PSST
LES GENS DE NOTRE RANG NE PEUVENT PAS MANGER D'ALIMENTS QUI POUSSENT SI BAS.
NOUS DEVONS NOUS NOURRIR DE FRUITS QUI MÛRISSENT PLUS PRÈS DU CIEL.
PSST
…
MAIS ALORS…
D'OÙ VIENT LA NOURRITURE QU'ON MANGE, D'HABITUDE ?

JE N'AI PAS VU UN SEUL PÊCHER SUR LE CHEMIN…
ALORS QU'ON MANGEAIT DES PÊCHES TOUS LES JOURS !
TU CROIS QU'ILS LES TRANSPORTAIENT SOUS LA NEIGE À DOS D'IAKOUTE, DEPUIS UN AUTRE ROYAUME ?
…
C'EST QUOI, CES MESSES BASSES ?
HAM
AH !
C'EST DÉLICIEUX !
TIENS, AL !
VAS-Y, GOÛTE !
SHHH
SHHH

GLOMP !
HAM
C'EST…
DÉLI-
CIEUX
…
HA HA HA !
IL FAUT FÊTER ÇA.
VOUS N'ALLEZ PAS
VOUS CONTENTER
DE SI PEU !
IL N'Y A RIEN
À CÉLÉBRER.
HIC !
ヒク
NE
VOUS
INQUIÉTEZ
PAS.
YUSHI
N'EST QU'UN
SOÛLARD.
NE PRÊTEZ
PAS ATTENTION À
CE QU'IL DIT.

C'EST UN IVROGNE NOTOIRE.
J'AURAIS PRÉFÉRÉ...
TAK
MOURIR QUAND J'ÉTAIS ENCORE JEUNE ET BEAU.
DEVENIR ADULTE N'APPORTE QUE DES MALHEURS.
IL A MÊME FINI EN PRISON.
JE NE SUIS PAS D'ACCORD.
MOI, JE SUIS CONTENT D'ÊTRE ADULTE...
ET HEUREUX DE NE PAS ÊTRE MORT !

PARCE QUE...
JE PEUX ALLER REJOINDRE ULURU !
AAAH !!
QU'Y A-T-IL ? EXPLIQUEZ-MOI !
EUH...
PSST PSST PSST ...
HMM...
ATTENDS, VOUS...
VOUS ÊTES PARTIS EN VOYAGE...
POUR REVOIR UNE FILLE DU ROYAUME DU FEU ?

OUAH HA HA HA HA !
SÉRIEUX ? LE ROYAUME DU FEU ? HA HA HA !
ÇA PRENDRA COMBIEN DE MOIS, À PIED ?!
VA SAVOIR !
JE LE LUI AI PROMIS…
TROIS ANS PLUS TÔT.
HÉ ! C'ÉTAIT IL Y A TROIS ANS, QUAND MÊME !
COMME SI ELLE ALLAIT S'EN RAPPELER !
JE NE ME SOUVIENS MÊME PAS DE CE QUE J'AI PROMIS AVANT-HIER !
HA HA HA HA!

C'EST QUOI, CE BOUCAN ?
REGARDE-LES !
ILS PARTENT DANS LA NEIGE AVEC CE JEUNE DRAGON POUR PORTER LEURS SACS !
ARRÊTE, TU VAS ME FAIRE PLEURER !
NOURRIR DES ATTENTES, C'EST SE PRÉPARER À ÊTRE DÉÇU.
MÊME YUSHI AURAIT PLUS DE CHANCES DE S'EN SORTIR !
BOUAH HA HA HA HA HA !
HIC
EN EFFET...
PFFF...
?
KISLIM...

ALLONS-Y.
OUI...
KYAAAH
DE LA VIANDE FUMÉE.
TIENS, DORO.
SWIP

ET VOILÀ !
CE N'EST PAS TERRIBLE, MAIS ÇA DEVRAIT SUFFIRE !
INCROYABLE, AL !
FWIP
ON CROIRAIT UN IGLOO !
SNIFF
JE SUIS LE SEUL À POUVOIR DURCIR LA NEIGE, ALORS NE LE DÉMOLIS PAS !
SI ÇA ARRIVE, JE LE RÉPARERAI, NE T'INQUIÈTE PAS !
JUSTEMENT !
AAH… SI SEULEMENT DORO POUVAIT VOLER…
DORO DIT QU'IL N'A PAS BESOIN D'AILES.
COMME SI TU POUVAIS LE COMPRENDRE !

MAIS JE LE COMPRENDS !
ALORS QUE TU NE SAIS MÊME PAS CONTRÔLER TA MAGIE ?
J'EN SUIS CAPABLE !
REGARDE !
TILT
TILT
CLAC

TA MAGIE EST BIENVEILLANTE…
POF
ALLEZ !
ON A UNE SACRÉE ROUTE À PARCOURIR, DEMAIN.
PROFITONS-EN POUR NOUS REPOSER.
OUI.
ZZZ…
ZZZ…

ゆ
ら
FLOP
CRUNCH
SALUT.
FRSH
FRACH
FRSH
FRACH
?
VOUS ÉTIEZ DONC LÀ.

!
T'INQUIÈTE.
JE VAIS PAS VOUS MANGER.
JE SUIS GENTIL.
REGARDE !
JE VOUS LA PRÊTE.
MEUH...
UNE VACHE ?

ÉCOUTE-MOI…
LES FEMMES OUBLIENT LEURS PROMESSES.
MOI AUSSI, UNE FEMME M'A DEMANDÉ DE L'ATTENDRE …
ET TU PEUX VOIR À MA TÊTE COMMENT ÇA S'EST FINI.
MONTEZ SUR MA VACHE ET RENTREZ AU CHÂTEAU …
VOTRE ALTESSE.
!

AU REVOIR.
CLING
HOP
CET HOMME...
IL N'A PAS L'AIR DANGEREUX...
COMME IL SAIT QUI ON EST, ON DOIT VITE PARTIR ...
MEUH...

MAIS RIEN QUE ÇA...
C'EST PEUT-ÊTRE DÉJÀ TROP COMPLIQUÉ...
POF
EN TOUT CAS, LA RÉALITÉ NOUS A RATTRAPÉS...
NOTRE VOYAGE EST DONC DÉJÀ TERMINÉ ?
UNE FOIS DE RETOUR AU CHÂTEAU...
JE DEMANDERAI AU PERSONNEL DE ME PRÉPARER DES POMMES DE TERRE AU BEURRE...
PLOF
BONNE FILLE...
MEUH...

BOM
QUOI ?!
CES GAMINS SONT DES PRINCES, D'APRÈS TOI ?!
OUAIS ...
LA FILLE DE L'AUBERGE A AVOUÉ ...
AVOIR REÇU UNE PIÈCE DE GRANDE VALEUR !
ET IL PARAÎT QUE LES DEUX PRINCES ONT EMMENÉ UN DRAGON SANS AILES AVEC EUX.
LES GOSSES AVAIENT COUVERT LE DOS DU DRAGON AVEC UN DRAP, ÇA CONCORDE !
MERDE !
ILS DEVRAIENT ENCORE ÊTRE DANS LE COIN !

PFF...
ILS SONT DÉJÀ RETOURNÉS AU CHÂTEAU EN PLEURANT, À L'HEURE QU'IL EST...
TIENS, MANGE.
MUNCH
MUNCH
MUNCH
HÉ !
ILS SONT LÀ !

J'EN SUIS CERTAIN !
QUELQUE CHOSE CLOCHE ...
REGARDEZ...

S'IL N'A PAS D'AILES, C'EST CELUI DES PRINCES !
AVEC LE DOS DE CE DRAGON !

DÉSOLÉ, VOS ALTESSES...
VOUS NOUS LAISSEZ JETER UN COUP D'ŒIL ?
ALLEZ !
GWIP
RETIREZ-MOI ÇA !

KISLIM...

TU AS DIT QUE MÊME SANS AILES, TU M'AIMAIS.
JE SOUHAITERAIS...
QUE TU M'EN OFFRES DE PLUS GRANDES, LA PROCHAINE FOIS.
J'AI COMPRIS...

MAIS EN VÉRITÉ...
JE VOIS...
JE VEUX VOLER.
DORO !

FWIP!!
ALLEZ !
FWOUSH

TILT
キラ
OUAH !!
TILT

C'EST QUOI...
TILT
TILT
TILT
CES...
GIGANTESQUES AILES TRANSPARENTES ?!

ON TROUVAIT CE DRAGON BIZARRE…
MAIS C'EST JUSTE UNE NOUVELLE ESPÈCE ?!
MERDE !
…
DÉPÊCHEZ-VOUS DE PARTIR, LES JEUNES !
ENFIN…
ÇA PRÊTE VRAIMENT À CONFUSION !

VSH
C'ÉTAIT GÉNIAL ! PAS VRAI, DORO ?
CUIII ♥
TU ÉTAIS INCROYABLE, KISLIM !
RECOMMENCE, POUR VOIR !
HMM...
VRAI-MENT ?
AH BON ?

BIEN SÛR !
UN JOUR, ON VOLERA ENSEMBLE…
DORO !
CUIII ♥
MEUH…
UNE MINUTE …
YUSHI, CE N'EST PAS TA VACHE QUI SE BALADE DEHORS ?!
TU POURRAIS PENSER À L'ATTACHER CORRECTEMENT, TOUT DE MÊME !
…

MEUH ?
FRSH
ILS NE SONT DONC PAS RENTRÉS CHEZ EUX ...
LA NEIGE S'EST ARRÊTÉE...
SE POURRAIT-IL ...
QUE TU AIES ATTENDU...
QUE JE SORTE DE PRISON ?
PIF
IMPOSSIBLE...

ÇA PROUVE QU'ON SE RAPPROCHE DU ROYAUME DU FEU !
TU AS RAISON !
EN AVANT !
OUI !
CROA CROA
CROA CROA
CROA CROA

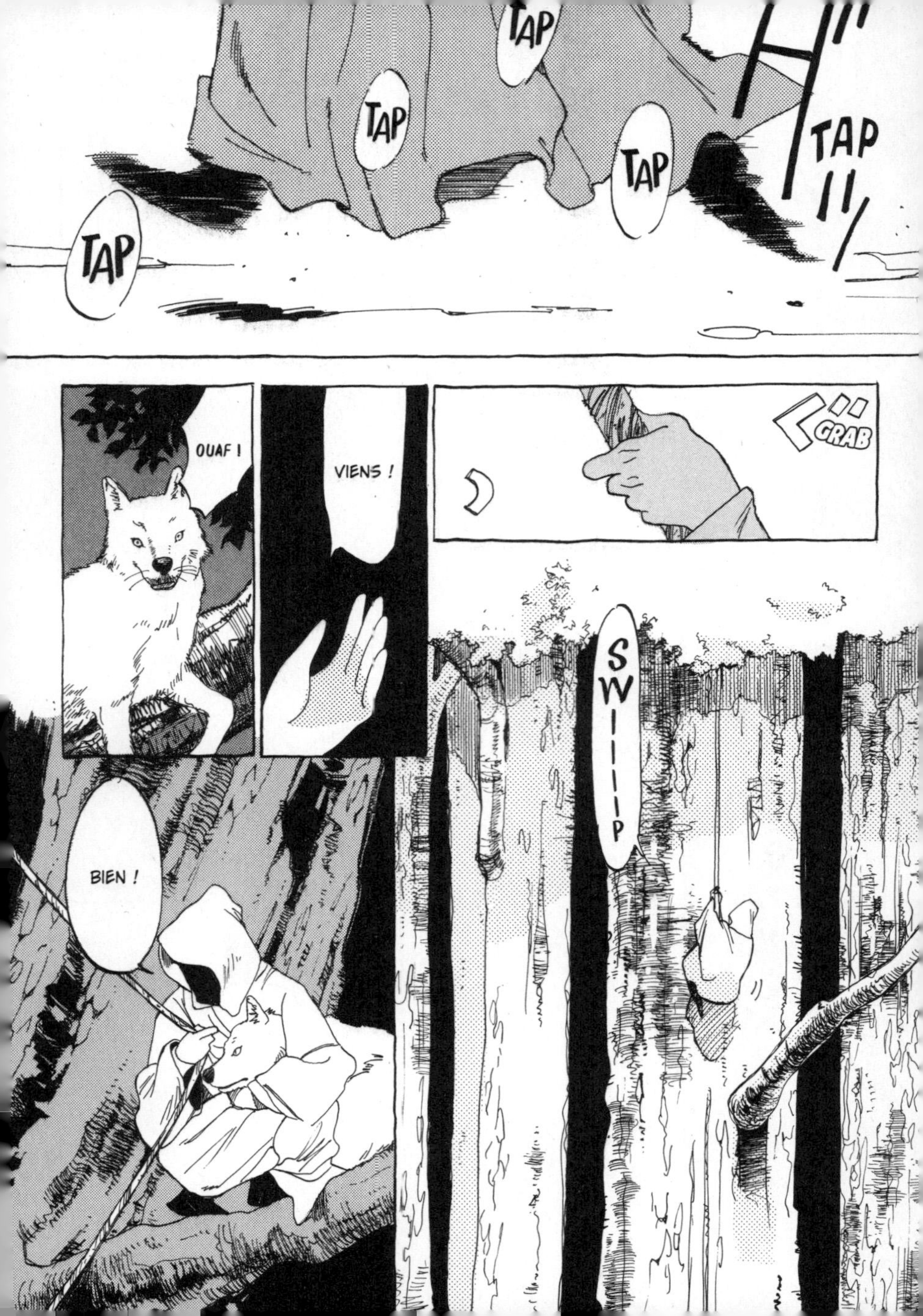
TAP
TAP
TAP
TAP
TAP
GRAB
VIENS !
OUAF !
SWIIIIP
BIEN !

TAP
CLING

JE VOUS EN PRIE, MON PEUPLE...
PARDONNEZ-MOI.

ALLEZ, VIENS !
#3
VOICI LE CHEMIN QU'ON VA EMPRUNTER.
TU EN PENSES QUOI ?
FRSH
FRSH
ON RENTRE ?

ELLE EST LÀ, QUELQUE PART...

ULURU...
LE "MILIEU" DU ROYAUME DES NEIGES ET DU ROYAUME DU FEU...
DEVRAIT SE TROUVER AUX ALENTOURS DU LAC NISANNU.
SI ON FAIT DES DÉTOURS POUR SE RAVITAILLER DANS PLUSIEURS VILLAGES...
ÇA DEVRAIT NOUS PRENDRE DEUX OU TROIS MOIS, TOUT AU PLUS...
ATCHOUM!!
À CE RYTHME, TES MAINS VONT GELER ET TOMBER.
MERCI, AL.

CUIII
CUIII
DORO ?
QUE SE PASSE-T-IL ?
SPRUCH
HEIN ?
SPLOCH

DES CA...
CES GENS SONT MORTS À CAUSE DE L'ÉPIDÉMIE ?!
DES CADAVRES !!
NON...
LES MONSTRES LES ONT EUS...
FWIP
!
KISLIM !
NE T'APPROCHE...
CLIP

TU AS RAISON...
SAP
ヒラリ
FLAP
POF
ALLONS-Y, KISLIM !
OUI !
CUI

LES PRINCES NE SONT PAS LOIN.
SIUUU
ON JOUAIT SOUVENT AU ROI, PAS VRAI ?!
OUAIS.

JE SUIS PLUS FORT QUE TOI, KISLIM !
C'EST MOI QUI DEVIENDRAI ROI !
HYAAH !
DANS CE CAS, JE TE LA DONNE !
HEIN ?
TIENS !

...
EN FAIT, J'EN VEUX PLUS !
JE SUIS LE PLUS FORT...
ALORS. C'EST MOI QUI DÉFENDRAI LE ROI !
D'ACCORD !
TU ES SOUS MA PROTECTION À PRÉSENT !
QUAND ON ÉTAIT DANS CETTE FORTERESSE DE PIERRE...

À PART LES BÛCHES QUE LES GENS APPORTAIENT...
JE N'AVAIS JAMAIS VU D'ARBRES !

ET PUIS, LES INVITÉS QUI DEVAIENT DEVENIR NOS CAMARADES DE JEU...
ÉTAIENT CONSIDÉRÉS COMME CONTAGIEUX.

ILS S'ISOLAIENT DONC PENDANT UNE SEMAINE DANS UNE PREMIÈRE CHAMBRE.
S'ILS N'AVAIENT PAS DE SYMPTÔMES, ILS ALLAIENT DANS UNE DEUXIÈME PIÈCE...
ET ON LES SURVEILLAIT PENDANT ENCORE UNE SEMAINE...
POUR S'ASSURER QU'ILS N'AVAIENT PAS ÉTÉ CONTAMINÉS.
PUIS ILS POUVAIENT NOUS REJOINDRE DANS NOTRE TOUR.
MAIS...

PERSONNE N'Y EST PARVENU.
OUAIS.

CLOP
CLOP
FRSH
D... DEUX MONSTRES EN APPROCHE !
CLOP
HEIN ?
!!
CLOP
GLOM
GLOM
SCRR
SCRR
GLOM
SCRR
E LANGUE URCHUE...
ET... C'EST QUOI, ÇA ?!
SBAM
PRÉPAREZ-VOUS À L'ATTAQUE ...
GWARGH
OUAH !
SCRR
OUAAAH !

CLASH
CLOP
CLOP
TILT
AH...
CAPITAINE CHESVAN !!
CLOP

AH...
PLOCH...
OUAH...
OOH...

PFF...
UNE TELLE QUANTITÉ DE MONSTRES...
MÊME POUR AL, MON DISCIPLE FAVORI...
C'EST PROBABLEMENT IMPOSSIBLE À GÉRER.
SWISH
OUAH...
ザワ
IL... IL LES A TOUS ANÉANTIS...
EN UN COUP...

TOUT DE MÊME...
JE N'AURAIS JAMAIS IMAGINÉ QUE LE PRINCE AL ACCOMPAGNERAIT LE PRINCE KISLIM DANS SA FUITE...
HUMPF...
MAJESTÉ...
JE VOUS PROMETS DE LES RAMENER À VOS CÔTÉS...

#4

QUEL ENNUI...
J'AI FROID.
FERMEZ LA FENÊTRE.
ヒュ
VSHH
TOUT DE SUITE, MADEMOISELLE.
ET DIRE QUE NOUS PORTONS ENCORE LE DEUIL DE MON PÈRE...
TU AS RAISON, ESTELLE.
PRRR...
NOUS N'AURIONS JAMAIS DÛ...
VENIR AU ROYAUME DES NEIGES...

ALLONS DORMIR, KISLIM.
DEMAIN MATIN, NOUS NOUS BAIGNERONS DANS LE LAC.
J'ENTENDS DES HENNISSEMENTS...
SÛREMENT DES CHEVAUX QUI VIVENT DANS LE COIN.
NON.

CE SONT CEUX DU CHÂTEAU.
TAP
MERDE ...
ON EST DANS DE BEAUX DRAPS !
FLOP
FLOP
IL SE FAIT TARD, MAIS...
CONTINUONS À AVANCER.
FRSH
LA NUIT EST TOMBÉE.
FRSH
ALLONS-Y.
FRSH

C'EST L'HEURE OÙ LES PETITS VONT SE COUCHER.
LES PRINCES NE SONT-ILS PAS DÉJÀ DEVENUS ADUL...
CE SONT ENCORE DES ENFANTS.
REVENIR AU CHÂTEAU ET RENCONTRER LA NOUVELLE PRINCESSE...
PERMETTRA AU PRINCE KISLIM DE RENONCER À SA LUBIE.
CET HYDROMEL EST SI FROID...
AAH...
LE FROID N'ÉPARGNE RIEN, AU ROYAUME DES NEIGES.

FSHHH
OUAH !
ON NE VOIT RIEN, AVEC TOUTE CETTE NEIGE !
ATTENDS...
AH !
ZAASH
GYAAAH !
TOUT VA BIEN !
DORO...
ÇA T'A SURPRIS, PAS VRAI ?
C'EST BON, ON PEUT CONTINUER.
ON ESSAIE DE SE CACHER DANS LE PROCHAIN VILLAGE ?
FRSH
FRSH
OUI !
FRSH
HEUREUSEMENT QUE LA LUNE EST PLEINE ! C'EST ASSEZ LUMINEUX...
FRSH
CAPITAINE ?
DORO...
VOUS FAITES UNE PROMENADE NOCTURNE, LES ENFANTS ?

ALLONS
RENTRONS, MES PRINCES.
J'AIMERAIS VOUS ÉVITER L'AFFRONT DE VOUS RAMENER DANS UN SAC DE JUTE.
RECULE, KISLIM !
VAS-Y, AL !

BAM
AH !
PRINCE AL...
SPLASH
IL ME SEMBLE VOUS AVOIR DÉJÀ EXPLIQUÉ...
QUE SI VOUS RETENEZ VOS COUPS...

JE VOUS POURCHASSE-RAI.
QUE FAIT-ON ?
AL...
J'AI UN PLAN.
...

NE T'INQUIÈTE PAS, TOUT IRA BIEN. ON VIENT DU ROYAUME DES NEIGES.
VA TE CACHER, DORO !
BIEN !
CRAC
ON PLONGE DANS L'ÉTANG !
PLOUF

TAP
PFF...

ILS RESTENT DES ENFANTS, À CE QUE JE VOIS…
VOUS NE POUVEZ PAS NOUS VOIR DEPUIS L'ÉTANG…
BLUP
BLUP
MAIS…
NOUS VOUS REPÉRONS SANS MAL.
PLOF
FWAAA

SORTEZ-LES DE LÀ AVANT QU'ILS SE NOIENT.
BON...
NOUS ALLONS...
?!

OUAAH !
TCH !
PSHHH
FWOUAH
BRR...
BRR...
PSSH
AL...

DORO !
DESCENDS !
VOUS AVEZ L'AIR GELÉS. LAISSEZ-NOUS VOUS SÉCHER !
HA HA HA HA HA HA !
GROAA
TAP
TAP
RETOURNONS À L'ÉTANG ! TU UTILISERAS TA MAGIE SOUS L'EAU...
ET POUR TROUVER NOTRE CIBLE...
TAP
TAP

GLOUP
BLUP
ON UTILISERA LE SORTILÈGE DE LA LUNE.
BLUP
BLUP
OÙ SE TROUVE...
LE CAPITAINE CHESVAN ?

HA HA HA HA HA …
プスススス……
PSCHIIIT…
LES PRINCES…
ILS SE SONT ENFUIS.
MAIS JE JURE…
QUE JE LES RAMÈNERAI.
ピーロ
cuiii
ピーロ
cuiii

FWOUSH
TAP
TAP
SIOUP
DOM
AÏE...
GRR...
CLING
TU TE DEMANDES POURQUOI JE SUIS VENUE JUSQU'ICI, GAW ?
OUAF...

KISLIM M'A PROMIS QU'ON SE RETROUVERAIT "AU MILIEU DU ROYAUME DES NEIGES ET DU ROYAUME DU FEU"...
MAIS IL NE M'A JAMAIS DEMANDÉ À MOI, LA PRINCESSE...
DE L'ATTENDRE AU CHÂTEAU.
JE VAIS TOUT T'EXPLIQUER.

VOILÀ POURQUOI JE PARS À SA RENCONTRE.

#5
COMME JE VIENS DU ROYAUME DU FEU...
TAP
JE PEUX RIVALISER DE VITESSE AVEC TOI !
TAP
ÇA VALAIT LA PEINE D'ALLER COURIR À L'EXTÉRIEUR DU CHÂTEAU, PAS VRAI, GAW ?
TAP
OUAF !
TAP
TAP

FWIP
TAP
TCHIC
TSS
FWIP
JE VOIS...
ON DOIT SE DIRIGER VERS LE NORD.
HÉ !
SNIF SNIF
NE MANGE PAS ÇA !

J'AI PASSÉ DES ANNÉES À ME DOCUMENTER POUR PRÉPARER CE VOYAGE.
FAIS-MOI CONFIANCE.
LA PEAU DES FRUITS EN FORME D'ÉTOILES EST TOXIQUE, D'ACCORD ?
ET SI ON CHERCHAIT DES DENRÉES COMESTIBLES ?
OUAF ?
ON MARCHE VITE...
TAP
ET ON NE FERA PAS ATTENDRE KISLIM AVEC CE PETIT DÉTOUR !
VOILÀ UN CHRYSOMPHALINA GROSSULA.

ON L'UTILISE EN MÉDECINE...
EN TANT QUE PURGATIF.
KYUU...
TAP
TAP
LA CHAIR EST SUCRÉE, MAIS LES GRAINES PEUVENT ENGOURDIR.
SNIF
CE N'EST PAS COMESTIBLE.
TAP
TAP
TAP
TAP
TAP
TAP
CRAC

AH !
HAA...
HA
POUF
HA...
HAA...
HAA...
L'ODEUR DE LA TERRE...
BLOM
QUELLE JOIE, D'ÊTRE DEHORS...
PAS VRAI, GAW ?
HA HA !
BON APPÉTIT !
CRUNCH
CRUNCH
CRUNCH

CEUX-LÀ SONT COMESTIBLES !
CRUNCH
CRUNCH
SWIP
SNIF
ÇA SENT BON.
JE N'AVAIS ENCORE JAMAIS MANGÉ ...
EN DEHORS DU CHÂTEAU.
BOBOM
BOBOM
BOBOM
BOBOM
BOBOM
MUNCH
PEUH
!!
TIC

L'ACIDITÉ ME MET LES LARMES AUX YEUX...
PLIC
HA HA...
HA HA HA HA !
HA HA HA HA HA...
アオ
AHOUUU
FWIT

LE CHÂTEAU TE MANQUE ?
DÉSOLÉE DE T'EN AVOIR ÉLOIGNÉ…
ET MERCI D'ÊTRE VENU AVEC MOI…
GRR …
TOUT IRA BIEN.
DÈS QU'ON AURA VU KISLIM, ON RETOURNERA DANS NOTRE ROYAUME.

RR...
ENSUITE...
ON POURRA LE REVOIR À VOLONTÉ.
NE T'EN FAIS PAS.
UNE FOIS RENTRÉE, JE NE LES LAISSERAI PAS ME FIANCER À QUELQU'UN D'AUTRE.
JE SUIS DÉJÀ BIEN PLUS FORTE QUE MON PÈRE.
QUE FABRIQUEZ-VOUS ?!

CHERCHEZ DANS TOUS LES RECOINS DU CHÂTEAU !
RETROUVEZ LA PRINCESSE ULURU AU PLUS VITE !!
BON SANG... ELLE N'EST PAS VENUE AU BANQUET DE CE SOIR...
OÙ PEUT-ELLE BIEN SE CACHER ?
VOUS, LÀ !
SI VOUS LA RETROUVEZ, N'EMPLOYEZ PAS LA FORCE.
PSST
FAITES PREUVE DE DOUCEUR...
COMPRIS ?
JE SUIS COMPLÈTEMENT DÉMUNI, FACE À ELLE.
EN TOUT CAS, ELLE A DE LA RESSOURCE.

TU NE TROUVES PAS QUE CE VOYAGE COMMENCE BIEN ?
OUAF ♪
SWOUSH
FRSH
FRSH
CLING
FRSH
GAW...
COURS !

C'EST UN MONSTRE !
TAP
TAP
TAP
TCH
TCH
TCH
SLASH
TCH
SLASH
TCH
TCH
FWISH
TAP

HAA...
BIEN...
HAA...
ON L'A SEMÉ...
POF
!
PAC
CRUNCH
TAP
PAS LE CHOIX...
SLOP
SCRATCH
SWIP
WOOSH
TCHIN

ボッオオオオオン
FWOOOSH
TSHHH...
パ
SWISH
VSH
BON...
SWISH
IL NOUS A RETROUVÉS.
TCH
TCH
TCH
TCH
WOUF!
DAM
DOM
DAM
DAM
DAM
DAM

TOC
TOC
FRSH
SLASH
DÉSOLÉE.
SNIFF
FWOOSH

PWOOSH
TCHHH
プス
PSCHIIIT
ススス
ス
PLOP
HAA...
HAA...
HAA...
HAA...
HAA...
KISLIM...
OÙ EN ES-TU, DE TON CÔTÉ ?

SLIISH...
GRRR...
OUAF !
SSSSS...
TAP

ZZZ...
ZZZ...
ZZZ...
ZZZ...
ZZZ...
ZZZ...
ZZZ...

LE VENT S'EST LEVÉ.
BON, ALLONS-Y !
KISLIM.

OUI ?
ET SI ON RENTRAIT AU CHÂTEAU ?

#6
KISLIM ÉTAIT LE SEUL
À M'ENVIER DE DESCENDRE
DES BERGERS YANTAN.

#6

JE SAVAIS QUE J'ÉTAIS LE SEUL À NE PAS AVOIR UNIQUEMENT DU SANG ROYAL…
MAIS ÇA M'IMPORTAIT PEU…
AH !
FWIT
PIIISH
OOOOH !
PARCE QUE…
J'ÉTAIS LE PLUS FORT.
TU ES TRÈS PROMETTEUR …
ET TU AS UNE BONNE INTUITION, AL.
IL EST AUSSI CELUI QUI S'APPLIQUE LE PLUS.
MERCI BEAUCOUP, PÈRE !

MON PÈRE, LE ROI, EST UN GRAND HOMME.
JE PENSE QUE LES PERSONNES ADMIRABLES...
SONT CELLES QUI REFUSENT D'ABANDONNER.
TAP
TAP
TAP
TAP
BONNE NUIT, MON PRINCE.
FAITES DE BEAUX RÊVES.
BONNE NUIT !

UN GRAND CHÂTEAU, UNE CHEMINÉE, UN LIT CHAUD...
BLAM
JE SUIS L'ENFANT QUE LA FILLE AÎNÉE DÉLURÉE DU ROI A EU AVEC UN MÉPRISABLE BERGER YATAN.
ELLE NOUS A QUITTÉS EN ME DONNANT LA VIE.
COMME LE PRIN-TEMPS...
MA MÈRE ÉTAIT INDÉPENDANTE...
ON MURMURE QUE J'AI HÉRITÉ DU SÉRIEUX QU'IL LUI RESTAIT.
BONNE NUIT !
LE ROI EST UN GRAND HOMME.
CRAC
CRAC

IL M'A RECUEILLI…
ET ÉLEVÉ COMME UN PRINCE.
TU SAVAIS QUE LES MOUTONS SE SOUVIENNENT DES VISAGES DES GENS ?

AAAH...
SWIP
JE SUIS LE SEUL À LE SAVOIR.
QU'EST-CE QUE TU RACONTES ?
CE NE SONT PAS DES DRAGONS !
APRÈS TOUT, ON COMPARE LES GENS BÊTES À DES MOUTONS.
TU NE ME CROIS PAS ?
C'EST LA VÉRITÉ !
J'AIMERAIS BIEN...
MAIS MES IVRES DISENT LE CONTRAIRE...

JE SUIS SÛR QUE LES MOUTONS DE CES MONTAGNES ...
SE SOUVIENNENT DE TOI.
TU EN AS, DE LA CHANCE...
REGARDEZ-MOI BIEN.
SHH...
BAM
OOOOH ...
FWOUSH

CRIC
ÉCOUTEZ-MOI TOUS...
VOUS NE POURREZ PAS PROTÉGER LE PEUPLE DES MONSTRES AVEC DE SIMPLES TOURS DE MAGIE.
NOUS NE DEVONS PAS NOUS REPOSER ENTIÈREMENT SUR NOS SOLDATS.
VOUS COMPRENEZ ?
PLIC
COMME NOUS AVONS HÉRITÉ DE LA MAGIE, NOUS SOMMES LES SEULS À POUVOIR VÉRITABLEMENT PROTÉGER LE PEUPLE.
GLOUPS
IL EST FORT...
ÇA DOIT ÊTRE DUR, D'ÊTRE UN DE SES ENFANTS.
AH !
SWOUSH
AH !
FSH
AH !
FSH
JE VOUS DÉTESTE, PÈRE !!

ÇA N'A PAS L'AIR DRÔLE...
JE SUIS BIEN CONTENT D'ÊTRE UN PARENT PLUS ÉLOIGNÉ...
HÉ !
TU ÉCOUTAIS AUX PORTES, NON ?
ESPÈCE DE SALE GAMIN DE BOUSEUX...
POURQUOI TU PLEURES ?
...
NE LE RÉPÈTE À PERSONNE !

LES MOUTONS PRÉFÈRENT SE RAPPROCHER DE CEUX QUI RIENT QUE DE CEUX QUI PLEURENT.
PLUTÔT ÉTRANGE, NON ?
ILS AIMENT PEUT-ÊTRE LES CHOSES JOYEUSES.
ALORS...
ILS NE DOIVENT PAS SE SOUVENIR D'UN GAMIN COMME MOI, QUI PLEURAIT TOUT LE TEMPS.
PEUT-ÊTRE...
MAIS JE SUIS SÛR QU'À TA NAISSANCE, AL...
TA MÈRE SOURIAIT.

NE PLEURE PAS !
TU VAS FAIRE FUIR LES MOUTONS !
TU ES LE SEUL À AVOIR GARDÉ UN CŒUR PUR...
KISLIM.
JE M'EN FICHE, DES MOUTONS !
SNIF
TOP
AL ?

PÈRE ! EXCUSEZ-MOI...
DE LA MAGICOLOGIE AVANCÉE ?
PRENDS-LE, SI ÇA T'INTÉRESSE.
MERCI BEAUCOUP !
DE BONNES RELATIONS, UNE VIE AGRÉABLE...
UN GRAND CHÂTEAU, UNE CHEMINÉE...
UN LIT CHAUD...
ENTRE DONC...
AL.

MONSIEUR LE MINISTRE...
DE QUOI VOULIEZ-VOUS ME PARLER ?
AL...
SOUHAITES-TU DEVENIR ROI ?
PFOUAH HA HA !
DE QUOI PARLEZ-VOUS ?
JE TE DEMANDE SI TU NE VOUDRAIS PAS MONTER DANS L'ORDRE DE SUCCESSION.
PFFF...
ÇA NE M'INTÉRESSE PAS.

KISLIM DEVIENDRA ROI.
ET JE LE SOUTIENDRAI...
AL.
LA CONDITION EST TOUTE SIMPLE.
LE PRINCE KISLIM QUITTERA LE CHÂTEAU LE JOUR DE SA MAJORITÉ, PAS VRAI ?
ET TOI...
TU L'ACCOMPAGNERAS AVANT DE LE RAMENER AU MOMENT OPPORTUN.
TA RÉCOMPENSE...
SERA LE TITRE DE PRINCE HÉRITIER.
ATTENDEZ UN PEU !

KISLIM QUITTERA LE CHÂTEAU LE JOUR DE SA MAJORITÉ ?
COMMENT ÇA ?
QU'IL SOIT ADULTE NE CHANGE RIEN AU FAIT QUE LA FORÊT REGORGE DE MONSTRES !
ET PUIS D'ABORD ...
ÇA NE M'INTÉRESSE PAS.
KISLIM DEVIENDRA ROI.
SI JE M'APPLIQUE...
FSH
TOUT EN PERSÉVÉRANT...
JE DEVIENDRAI UNE PERSONNE ADMIRABLE...
AL...
LE ROI LUI-MÊME A DIT...

QUE TU ES
SON FILS FAVORI.
QUANT À LA TRANSMISSION DU POUVOIR ROYAL, IL A DIT "CELUI QUI ME SUCCÉDERA...

SERA AL,
ET LUI SEUL."

QUITTE D'ABORD LE CHÂTEAU.
PUIS RAMÈNE KISLIM IMMÉDIATEMENT ...
ET INFORME LE ROI QUE TU AS AGI SUR MON ORDRE.
TU AS BIEN COMPRIS, AL ?
KISLIM...
MERCI DE M'AVOIR COMPRIS.

JE T'AI ACCOMPAGNÉ PARCE QUE JE M'INQUIÉTAIS…
ET POUR TA BLESSURE…
IL FAUT LUI LAISSER LE TEMPS DE GUÉRIR.
BIEN SÛR…
C'ÉTAIT BEAUCOUP PLUS…
AMUSANT ET EXCITANT QUE JE L'IMAGINAIS.
MAIS CE SERAIT DIFFICILE POUR MOI…
DE VAINCRE D'AUTRES MONSTRES.
HA HA HA…
COMME JE TE L'AI PROPOSÉ…
ON POURRA ENVOYER UN MESSAGER POUR TRANSMETTRE DES LETTRES À ULURU.
HMM…
QUE MANGERA-T-ON, UNE FOIS RENTRÉS AU CHÂTEAU ?
KISLIM ?

KISLIM...
SHHH
CHUUT!
DÉSOLÉ...
OÙ ES-TU, KISLIM ?!
AL.

MANGE, DORO...
TU DOIS REPRENDRE DES FORCES.
NOM NOM
LA LUNE A DISPARU...
ALLEZ...
ON CONTINUE.
#7

KISLIM...
JE DOIS TE PARLER.
JE SUIS OCCUPÉ !
BON SANG...
Toc
Toc
KISLIM...
J'AI ENTENDU QUE TU ALLAIS QUITTER LA CITÉ...
C'EST VRAI ?
TAC
OUAH !

DOM
AÏE !
TOI, ALORS !
ÇA VA PAS, D'OUVRIR LA PORTE COMME ÇA ?!
HÉ HÉ !
TU N'AS PAS ASSEZ RÉFLÉCHI.
LE CHÂTEAU A BEAU ÊTRE PROTÉGÉ DE L'EXTÉRIEUR, SI TU ESSAIES DE SORTIR, TU TE FERAS ARRÊTER !
POUR COMMENCER...
TU DOIS RÉDUIRE LA GARDE.
RENSEIGNE-TOI ÉGALEMENT SUR LES HEURES DE PASSAGE DES COLPORTEURS...
DORO !
NE MANGE PAS ÇA MAINTENANT !
CUII
POURQUOI TOUS CES SACS ?

ILS CONTIENNENT DES VIVRES POUR DORO ET MOI.
ET DES VÊTEMENTS AUSSI.
IL FERA FROID, DANS LA FORÊT, NON ?
J'AI FABRIQUÉ ÇA EN DÉTRICOTANT DES TAPIS ET DES RIDEAUX.
ÇA M'A PRIS TROIS ANS !
STING
BON...
SHRR
GRAB
JE ME FERAI GRONDER PLUS TARD !
SHRR !!
HÉÉÉ !
QU'EST-CE QUI TE PREND ?!
PRINCE KISLIM ?!
UN PROBLÈME ?
NON, AUCUN !!
KISLIM...
JE VIENS AVEC TOI !

TU N'ES PAS CONTRE ?
SI, MAIS...
TU PRÉFÈRES TE FAIRE DÉVORER PAR UN MONSTRE ? NON, ALORS JE TE PROTÉGERAI !
BLING
...
ZZZ...
DORO ...
TU AS BIEN DORMI ?
CUI II
SWUSH
ZZZ...
SWISH

DASH
!!
DORO !
COURS !!

JE POURRAI SORTIR QUAND ?
UNE FOIS QUE...
VOUS SEREZ MAJEUR.

TIENS !
POUR TOI...
OH, QU'EST-CE DONC ?
UN PAIN TOUT JUSTE SORTI DU FOUR ?
POM
TIENS !
POUR TOI...
OH, MERCI, MONSIEUR LE BOULANGER !
TAP
TAP
TIENS ! POUR TOI...
ET VOICI POUR VOUS ! MERCI !
CETTE PIÈCE SUFFIRA ?
OUI !
MERCI !
PRINCE KISLIM...
VOUS NE JOUEZ PAS, AUJOURD'HUI ?
NON.
ÇA NE SERT À RIEN. TOUS LES JOURS SE RESSEMBLENT.
IL N'A PAS L'AIR EN FORME...

LE PRINCE KISLIM EST TROP JEUNE POUR JOUER AVEC SES FRÈRES.
MAIS AVEC UN ENFANT DU BOURG CASTRAL, LE RISQUE DE CONTAGION NE SERAIT PAS...
QUE DITES-VOUS ?!
SUGGÉREZ-VOUS DE SACRIFIER LA VIE D'UN DE NOS CHERS PRINCES ?!
...
CLOP
VOUS AVEZ BIEN PROGRESSÉ, MON PRINCE !
FRSH
N'EST-CE PAS TROP TÔT ?
FRSH
FRSH
AUCUN PROBLÈME, L'ORDRE ÉMANE DIRECTEMENT DU ROI.
ENCORE UN TOUR !

HA HA !
HA HA HA !
HA HA !
C'EST UNE IMPASSE.
ENCORE UN TOUR !
CLOP
CLOP
HA HA HA !
ALLEZ, ENCORE UN !
CLOP
CLOP
CLOP

AL !
VIENS JOUER À CACHE-CACHE !
PAS QUESTION !
J'AI DÛ Y JOUER MILLE FOIS. DEPUIS QU'ON EST DEVENUS FRÈRES !
EN PLUS. JE CONNAIS TOUTES TES CACHETTES !
BOUH ! BOUH !
AL... TU PENSES QU'IL Y A QUOI...
DERRIÈRE CES MURS ?
INUTILE D'Y PENSER.
ON NE POURRA SORTIR DANS LE BOURG QUE DANS TROIS ANS.
ALORS, ALLER PLUS LOIN...
ON NE SAIT MÊME PAS QUAND CE SERA POSSIBLE.

MON PRINCE !
REGARDEZ, JE SUIS EN TRAIN DE COUPER DES BÛCHES.
IL PARAÎT QUE LE BOIS ÉTAIT VIVANT, AVANT...
MAIS JE N'AI JAMAIS VU D'ARBRE.
OUAAH...
TAP
AL !
REGARDE, VITE !
TAP
TAP

SI ON LE PLANTE, ÇA DEVIENDRA PEUT-ÊTRE UN ARBRE !
PAS QUESTION !
TU IGNORES POURQUOI ON A BRÛLÉ LES ARBRES DU BOURG ?
PARCE QU'ILS POURRAIENT ÊTRE PORTEURS DE LA MALADIE !
JE VAIS VOUS EN DÉBARRASSER !!
ÇA IRA.
BAM !!
MON PRINCE !
NON ! IL FAUT LE BRÛLER IMMÉDIATEMENT !
POSH
CRAC
CRAC
CRAC
RON
PSCHIII
AUJOURD'HUI ENCORE, UNE JOURNÉE COMME LES AUTRES...
ZZZ
LE MÊME JOUR RECOMMENCE.

NOUS SOMMES ARRIVÉS, PRINCESSE ULURU.
COMME LE VEUT LA TRADITION…
UN DRAGON DU ROYAUME DU FEU…
ET UN LOUP DU ROYAUME DES NEIGES…

STAP
ALLONS-Y...
DORO...
POF
PLIC
HAA...
HA...
HAA...
HAA...
HAA...

ULURU...
DING
DONG
DING
DONG
DING
DONG
AVEC
CETTE CÉRÉMONIE
D'INITIATION...
PRINCE KISLIM,
PRINCE AL...
JE VOUS
REMETS
CES COLLIERS
QUI ATTESTENT
QUE VOUS ÊTES
MAJEURS...

PSST !
KISLIM !
COMME PRÉVU, JE VAIS AU SUD-OUEST POUR FAIRE DIVERSION.
ON EN PROFITERA POUR...
TAP
AH !
HÉ, KISLIM !
TU M'ÉCOUTES ?!
HAA...
MAIS OUI !
BLA
LES ENCLOS DES CHEVAUX ONT TOUS ÉTÉ OUVERTS !
COMBIEN SE SONT ENFUIS ?!
TU CROIS QUE ÇA IRA...
POUR LES CHEVAUX ?
IDIOT...
C'EST MOI QUI LES AI LIBÉRÉS !
ON PART, NON ?
QUOI ?!
BLA
ALLEZ !
ON Y VA !

PRINCE KISLIM, PRINCE AL...
QUE PUIS-JE POUR VOUS ?
NOUS AVONS PASSÉ NOTRE CÉRÉMONIE D'INITIATION.
ON DEVRAIT POUVOIR SORTIR DANS LE BOURG, NON ?
LE ROI NOUS A DONNÉ SA PERMISSION.
JE VOIS...
DANS CE CAS, JE DOIS VOUS ASSIGNER UN GARDIEN...
JE VAIS LE CHERCHER.
PRÉPAREZ LE PONT-LEVIS !!
BIEN REÇU !
TAP
DRRR
BO
BOM
BIEN...
JE VAIS DISTRAIRE LE GARDIEN.
ENSUITE, TU...
OUAAH !

DORO !
GYAAH!
AH !
KISLIM ! TOI, ALORS !!
VIENS !
MES PRINCES ?!
ATTENTION !!
VOUS NE DEVEZ PAS SORTIR SEULS...
MAIS RATTRAPE-LES, BON SANG !
TAP
TAP
TAP
TU COMPTES FAIRE QUOI, MAINTENANT ?!
T'INQUIÈTE, JE GÈRE !

T'ES SÛR ?
JE CONNAIS LE CHEMIN !
JE L'AI OBSERVÉ PENDANT DES ANNÉES !!
AH !
HÉ !
PAR ICI !
MES PRINCES !!
NE ME DIS PAS...
POURQUOI PORTAIENT-ILS DES MANTEAUX AUSSI SALES ?
QU'ILS COMPTENT SORTIR DU BOURG ?

HOP LÀ !
PARDON, MADAME !
QUE...
FWOUSH
LES ENFANTS, DE NOS JOURS...
TAP
EXCUSEZ-MOI...
VOUS N'AURIEZ PAS VU DEUX PRINCES ?
DES PRINCES ?
IDIOT !
DEUX JEUNES GARÇONS ET UN DRAGON !

HAA...
HÉ, DIS-MOI...
TU COMPTES FAIRE QUOI, QUAND TU AURAS RETROUVÉ LA PRINCESSE DU FEU ?
COMMENT ÇA ?
HAA...
JE NE SAIS PAS, MOI... DE QUOI VOUS ALLEZ PARLER ? OÙ VOUS IREZ ?
JE LE LUI AI PROMIS.
ÇA NE SUFFIT PAS ?
REGARDE !
ON PEUT VOIR LES REMPARTS !

ILS SONT LÀ !
CAPITAINE !
QUE FAITES-VOUS ?!
JE VISE LEURS PIEDS.
AH !
SLASH
KISLIM !
UNE FLÈCHE...
KISLIM !!

MAINTENANT, JE VAIS LA RETROUVER !!
IL EST PASSÉ OÙ ?!
MERDE...
ÇA CRAINT...
COMMENT ANNONCER ÇA AU ROI ?

TU PRENDS TROP DE RISQUES, KISLIM !
LAISSE-MOI FAIRE !
DOM
OUAH !
DOSS
ドスッ
HAA...
KISLIM !
AIDE-MOI À MONTER !
GWÉ...
D'ACCORD !

MES PRINCES !!
MINCE...
HAA...
FRSH
HAA...
HAA...
KISLIM, DORO, ON VA SAUTER !
TROIS...
DEUX...
UN...
POF
KOF !
AÏE...

ULURU...

ÇA FAISAIT SI LONGTEMPS...
À SUIVRE

# KIMI NI AITAI vol. 1



Édition française
Traduction depuis le japonais : Julie Debelhoir
Lettrage : Corinne Luijten
Relecture : Juliette Lemaître


Couvent Sainte-Cécile – 37, rue Servan – 38000 Grenoble
ISBN : 978-2-344-06221-0
Dépôt légal : mai 2024

Imprimé en Italie en avril 2024 par L.E.G.O. S.p.A.,
sur papier provenant de forêts gérées de manière durable

**www.glenat.com**